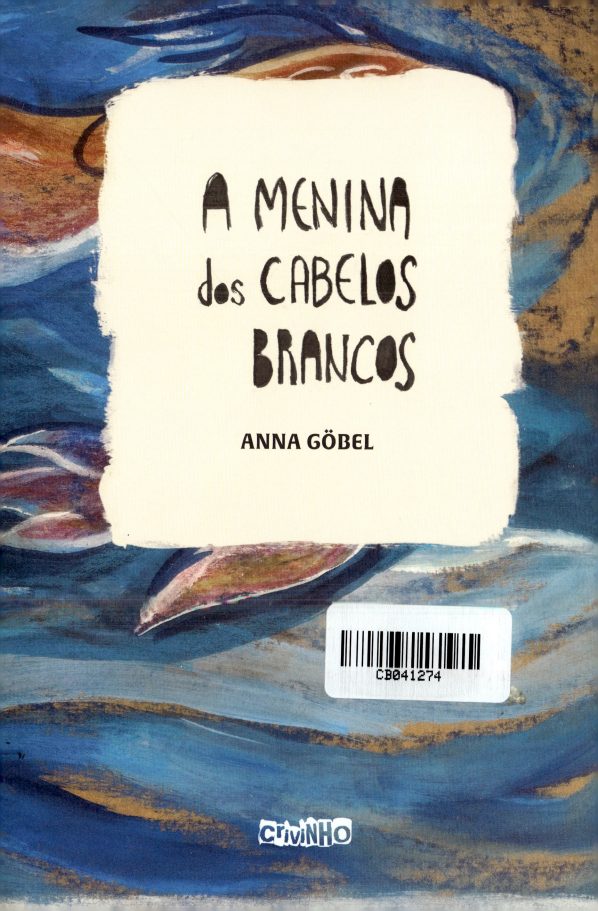

Neste círculo de proteção, vou me abrir para você.

Forte e frágil, vou contar um pouco da minha história.

Eu era uma vez uma menina de cabelos brancos que se alongavam e se encurtavam, viravam balanço, voavam

ao vento e se banhavam nas águas. A vida é como um rio:
ora calmo, ora agitado, mas sempre em movimento.

Nasci na Espanha, mas minha família era toda alemã: pais, avós, bisavós, tataravós. Meus pais foram os primeiros a morar fora, eram professores e tinham vivido

uma grande guerra, então estavam sedentos de
curar-se, de viajar, de conhecer novas culturas e amá-las.

Quando eu tinha um ano de idade, voltamos para a Alemanha. A casa ficava ao lado de um bosque onde, no verão, eu tinha que disputar os tão esperados morangos com veados e coelhos.

A casa não estava pronta, um dia os pintores esqueceram as tintas e eu as descobri, fiz meu primeiro grande desenho na parede. Até hoje gosto de pintar, de transformar muros em cores e histórias.

Nas asas do brincar o tempo não passava,

por isso gosto de me lembrar...

Tinha cinco anos de idade quando chegou a notícia

de que iríamos nos mudar para a América do Sul.

Eu, meus quatro irmãos, meus pais e uma kombi novinha embarcamos em um grande navio, um transatlântico, uma verdadeira cidade flutuante que carregava de tudo,

até um circo só de crianças órfãs, sem pai nem mãe, mas com um padre muito animado que cuidava delas.

No mar vi peixes voadores, golfinhos, baleias...
No céu vi nuvens de muitos desenhos e
cores. Dias e noites se passaram.

Quando estava no navio, minha imaginação habitava a América do Sul com indígenas, florestas e leões.

Para minha surpresa, desembarcamos em uma cidade imensa, cheia de carros e prédios, onde a maioria

das crianças vivia presa dentro dos apartamentos
ou na mão dos adultos: Buenos Aires.

A América do Sul era bem diferente do que eu havia sonhado, por isso andava triste, me sentindo um peixe fora d'água, com muita saudade. Até chegarem as férias e subirmos todos na kombi. Em uma coisa estávamos de acordo: quanto mais longe fosse a viagem, melhor; campos, vales, altiplanos e montanhas. Dormíamos em barracas, fazíamos fogo e cozinhávamos. Minha tarefa era juntar lenha.

Na Patagônia, terra sem fim, que já foi o fundo do mar, conhecemos uma caverna coberta de mãos pintadas

nas paredes, mãos de gente da nossa pré-história. Será que essa era a mão do meu milésimo tataravô?

Gosto de mistérios... Como aquele das linhas de
Nazka, que vimos no Peru: imensos sulcos escavados

no deserto que, vistos de bem alto, formam desenhos de animais e pessoas. Por quê? Como? Para quê?

Na Cordilheira dos Andes, na Bolívia, muitas mulheres e crianças queriam tocar meu cabelo porque nunca tinham visto uma menina de cabelos brancos... Tinha que ser logo eu? Viajar é estar aberto ao inesperado, como foi nesse vilarejo na Bolívia.

... era perto do dia de Natal, entramos em uma igreja onde estavam se preparando para sair em procissão. Quando me viram, exclamaram admirados: Olhem! O menino Jesus! Acreditam que trocaram a imagem do menino Jesus por mim? Meus pais deixaram, mas eu morri de vergonha. Viajar é também superar os medos...

Atravessando a densa selva do Paraguai, fomos interceptados por um grupo de indígenas que estava caçando quando um deles foi acidentalmente flechado na perna.

Todos entraram na kombi e o ferido ficou sentado ao meu lado, lembro do cheiro do sangue e da dor.

No México visitamos incríveis pirâmides e imponentes esculturas de pedra. Subir aquelas pirâmides foi um sacrifício, meu coração pulava tanto no peito

que quase saía pela boca, e tive a premonição de que algo muito importante iria acontecer comigo.

Voltando para a Argentina, meus ouvidos e minha garganta estavam sempre inflamados,

então acharam melhor retirar minhas amígdalas.
Depois de uma semana da operação, já em casa...

Veio o sangue,

muito sangue.

Foi um corre-corre, era madrugada, na viagem frenética ao hospital minha irmã Katha me contou uma história dessas que não têm fim e eu me agarrei a cada palavra com todas as minhas forças. Eu já não era uma criança nem tinha mais cabelos brancos.

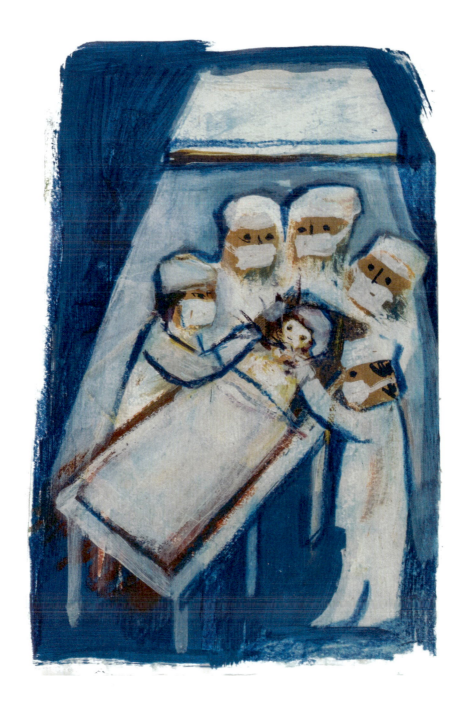

Agora, a sala de cirurgia é que era branca, os médicos eram brancos, a luz no teto, tudo era tão branco e tão frio que eu me fui... eu ia indo... ouvindo vozes dizendo que estavam me perdendo... de repente, a dor que me afligia passou.

Me senti leve e aliviada. Voando, vi meu próprio corpo deitado na mesa de operação,

vi tudo ficando para trás enquanto na frente
se abria um infinito túnel de luz...

Naquele momento senti o amor que me chamava de volta, senti minha estrela dizendo que

aquela não era minha hora, então voltei como por um fio. A vida me deu uma segunda chance.

A recuperação foi lenta, e cada conquista muito comemorada. Reaprendi com muito esforço a comer, a evacuar,

a caminhar e, principalmente, a falar, pois todos acreditavam que minhas cordas vocais poderiam ter sido cortadas.

Até hoje comemoro da mesma forma as pequenas
e as grandes conquistas, isso me dá força e

ânimo e me faz lembrar o grande presente e
a grande oportunidade que é estar viva.

A vida se tece com fios misteriosos, os pés te levam, o coração marca o passo e acompanha. Cada ser tem sua trama e seu tom, a beleza é o outro em nós.

O tempo urge, contemos nossas histórias e nossos sonhos uns aos outros para ficarmos mais fortes, mais leves e mais cheios de vida.

Nascida na Espanha de família alemã, criada na Argentina e morando desde 1995, depois de viajar por toda a América Latina, no Brasil, Anna Göbel conta, no livro *A menina dos cabelos brancos*, suas impressões e vivências no intenso rito de passagem da infância para a adolescência. Tendo publicado 16 livros autorais, além de pintar e expor em galerias de arte, Anna Göbel se dedica também ao muralismo comunitário e ao seu premiado projeto #miradasdeafeto, que está percorrendo todo o Brasil e o exterior.

@anna.gobel   Anna Göbel

A menina dos cabelos brancos é acompanhada de sua versão teatral, na qual a autora, sob a direção do mamulengueiro Chico Simões, se aventura na arte de contar e interpretar sua própria história vivida e sonhada, sonhada e vivida.

Texto © Anna Göbel, 3/2023
Ilustrações © Anna Göbel, 3/2023
Edição © Crivo Editorial, 3/2023

Foto da Autora Leo Lara
Fotografia das Ilustrações Cássia Cinque
Edição Juliane Gomes de Oliveira
Revisão Amanda Bruno de Mello
Diagramação Luís Otávio Ferreira
Coordenação Editorial Lucas Maroca de Castro

CRIVO EDITORIAL
Rua Fernandes Tourinho, 602, sala 502
30.112-000 – Funcionários – Belo Horizonte – MG

crivoeditorial.com.br   facebook.com/crivoeditorial
contato@crivoeditorial.com.br   instagram.com/crivoeditorial

Dados Internacionais de Catalogação na Publicação (CIP) de acordo com ISBD

G574m   Göbel, Anna
A menina dos cabelos brancos / Anna Göbel ;
ilustrado por Anna Göbel. -
Belo Horizonte, MG : Crivinho, 2023.
48 p. : il. ; 17cm x 24cm.
ISBN: 978-65-89720-25-6
1. Literatura Infantil. I. Título.
2023-647   CDD 028.5   CDU 82-93

Elaborado por Vagner Rodolfo da Silva - CRB-8/9410
Índice para catálogo sistemático:
1. Literatura Infantil 028.5
2. Literatura Infantil 82-93